オシリカミカミをさがせ!

リンデルト・クロムハウト＊文　アンネマリー・ファン・ハーリンゲン＊絵　野坂悦子＊訳

朔北社

オシリカミカミをさがせ!

Originally titled:De billenbijters
Originally published in the Netherlands by:Zwijsen Algemeen b.v.,Tilburg

Japanese translation published by arrangement
with Uitgeverij Zwijsen Algemeen B.V.
through The English Agency(Japan)Ltd.

もくじ

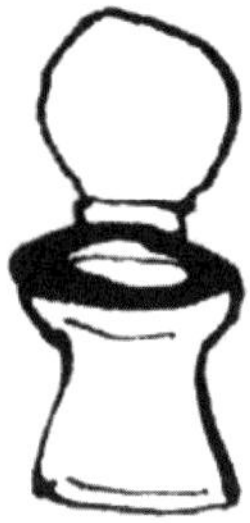

ブルームさんのばあい

「ポンピドン、トラララ！」
ブルームさんは　うたいながら、
歯《は》を　みがいている。
ひげを　そっている。
シャツについた　クモの糸《いと》を、
さっと　トイレにはらうと
ブルームさんは　つぶやいた。

「もう　きたないなあ、クモって」

そのあと　プッと、おならを　ひとつ。

「さあて、まずちょっと、おしりを　だしてっと」

ズボンをおろした　ブルームさんは、じぶんの家《いえ》の　トイレに
すわりこんだ。

「ちょっと、うんこをしておこう。

ポンピドン、トラララ……**うっぎゃあーっ!!**」

ブルームさんは　ひめいをあげて、とびあがった。

手《て》でおしりを　さわってみると……

いたた、いたたいっ！

とんがったものが、　おしりに　つきささったのだ。
というか、　まるで　かみつかれた　みたいだ。
うめきながら、　ブルームさんは　トイレのなかを　のぞきこんだ。
なんにも　みえない。
おかしいなあ。
ブルームさんは、　べんざを　さわってみた。
どこか　とんがっている　わけでもない。
ただの　かんちがい　なんだろうか？
いやいや、　このいたみは　うそじゃない。
血《ち》だって　ちょっぴり　でている。

ブルームさんには、さっぱり　わけが　わからない。
もういちど、トイレを　のぞきこんだ。
なんにも　いない。
おしりに　ばんそうこうを　一枚《まい》、ペタンとはると、
いそいで　ズボンを　はきなおした。
どうかんがえても、へんだ。
どうかんがえても、おかしな朝《あさ》だった。

ヤニーのばあい

「かがみよ　かがみ、かがみさん。
この国《くに》で　いちばん　美《うつく》しいおしりは、だあれ？」
ヤニーは、かがみのまえに　立《た》っている。
せなかを　うつし、かたごしに　ふりかえって、
かがみを　のぞいている。
「うーん　わたしのおしりって　きれいだわ、ふっくらまんまるで」
ヤニーは　じぶんのからだが　だいすきだ。

足《あし》も、おなかも、手《て》も、だいすき。
なかでも　いちばん　すきなのは、おしりだった。
だから　まいにち、はだかになると、かがみのまえに　立《た》ってみる。
「わたしみたいに、美《うつく》しいひとって　いるかしら？」
ヤニーは、きょうも　うれしさのあまり、ためいきをつく。
そして、まんぞくそうに　わらうと、トイレに　すわった。
「わたしって　きれい……ほんとに、きれい……
うわあ、**ぎゃあーっ！**」
ヤニーは、てんじょうのほうへ　とびあがった。
「やられたわ！　もうだめ！」と　さけび、おしりに　手《て》をのばす。

とつぜん、ものすごい　いたみを感《かん》じたのだ。
ヤニーは　なきながら、トイレを　のぞきこんだ。
水《みず》が　ほんのちょっと　ゆれている。
でも、おかしなところは、みあたらない。
ヤニーは、ふらふらと　かがみのほうへ　近《ちか》づいた。
ああ　なんと、なんと。おしりに　血《ち》が　にじんでいる。
じつに　ひどい。
おいおい　なきながら、ヤニーは　ペタンとひざをついて
すわりこんだ。
「でも……」と、せすじを　のばして、すわりなおす。

もう　なきやんでいる。
「だれが、わたしに
かみついたって
いうわけ？
いったい……なにが、
かみついたの？
むかしは、うちのハムスターが
よく　かみついたわ。
でも、いまは　もう　いないもの。
だから、あのハムスターじゃ　ないはず」

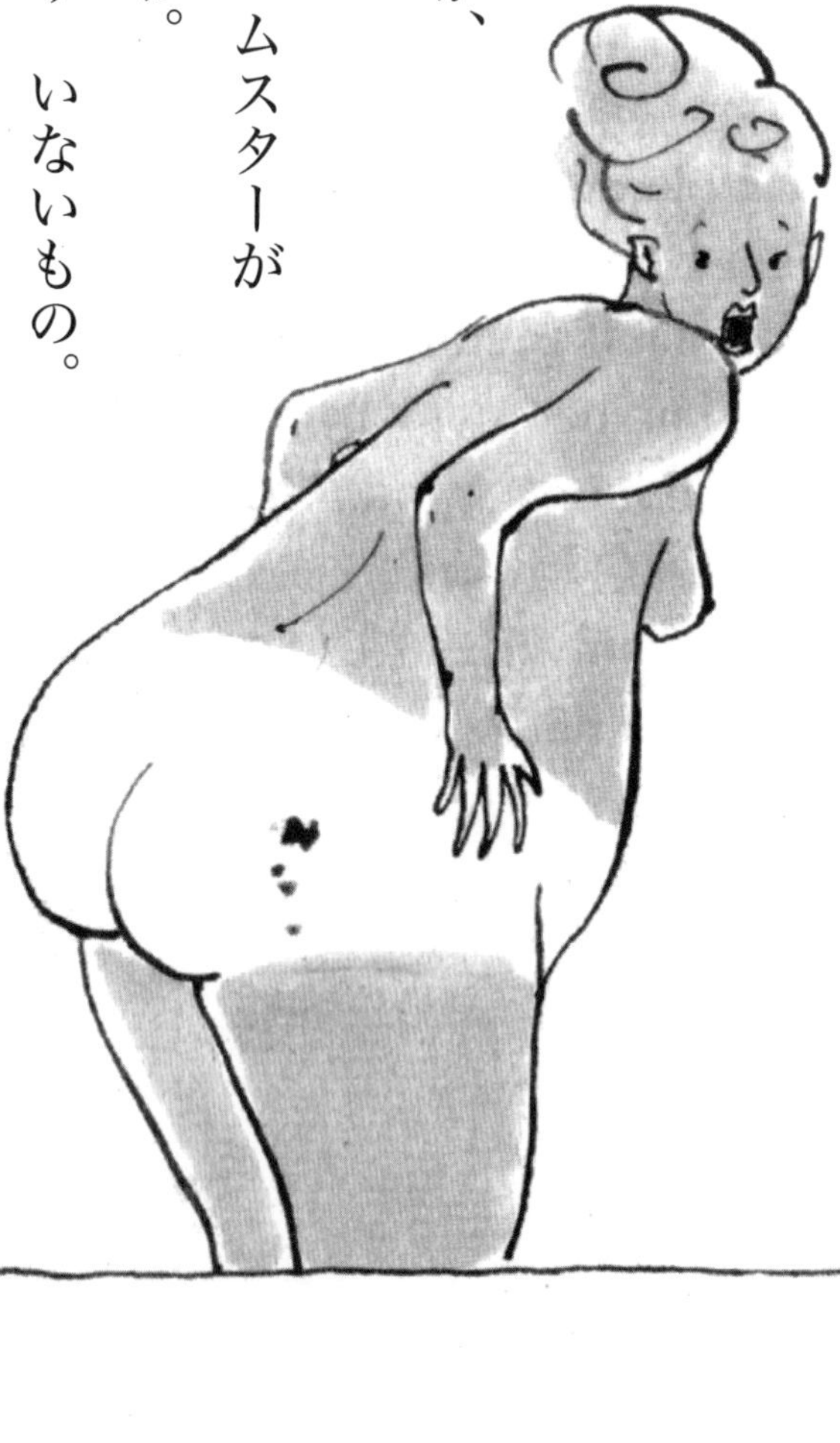

ヤニーは、ゆっくり　トイレへ　もどっていく。
やっぱり、なんにも　いない。
ものすごく　ふしぎだ。
あんまり　ふしぎだったので、ヤニーは　おしりがいたいのも
しばらく　わすれていた。
そして、「いったい　どうなってるのよ?」と　大声《おおごえ》をだした。

お医者《いしゃ》さん

病院《びょういん》の　しんさつ時間《じかん》が、はじまった。
待合室《まちあいしつ》には、四人《にん》のひとが　立《た》っている。
「どうぞ、すわってください。じゅんばんに　よびますから」と、
先生《せんせい》がいう。
「いいえ、けっこうです。立《た》ってたほうが　らくなんです」
四人《にん》は　いっせいに　こたえ、びっくりしながら、
顔《かお》を　みあわせた。

「おたくも　ですか？　立《た》ってたほうが　らくなんですか？」

「ええ、どっちかというと。つまり……いすに　あたるところが
いたいんで」

「おきのどくに。でも、えー……わたしもでして。

やっぱり　すわるところが　いたいんです」

「あなたもですの？　わたしも　おんなじですわ」

四人《にん》は　すぐ、むちゅうになって　おしゃべりをはじめた。

「わたしも　おしりをみてもらいに、きたんですよ」

「ほう、ぼくもでして」

先生《せんせい》がきいた。

「いったい、みなさん、どうなさったんです？

なにかの病気《びょうき》が　はやってるんでしょうか？

オシリイタイ病《びょう》とか？」

「ぼくのは、病気《びょうき》じゃ　ありませんよ」ふとった　男《おとこ》のひとが
こたえた。「ぼくのは、〈オシリカミカミ〉の　せいです」

「うちも　おんなじ」

「わたしも」

「そう、みんな　オシリカミカミの　せいなんです！」

「オシリカミカミ？」先生《せんせい》は　たずねた。

「ええ、はい。トイレでね。こしをおろして……ほら、それから

どうするかは、先生《せんせい》も　ごぞんじでしょ。で、そのとたん、ガブリ！

なんです」

「うちも　おんなじ」

「わたしも」

「じゃあ、みなさんのトイレに、なにか　いるんでしょうか？」

「それが　わからなくって。オシリカミカミっていうのは、
ばけものの　なかまでして」

「どんな　ばけものです？」先生《せんせい》は、つづけて　しつもんした。

「それがさっぱり　わからないんですよ。オシリカミカミは　下水《げすい》に
住《す》んでいて、ときどき、うえに　あがってくるんです。

でも、のぞいてみたって、
なんにも　いないんですよ」
「うちも　おんなじ」
「わたしも」
「ふうむ、そんなことが　あって
いいんだろうか」
先生《せんせい》は　つぶやき、考《かんが》えこみながら、
しんさつ室《しつ》に　はいっていった。

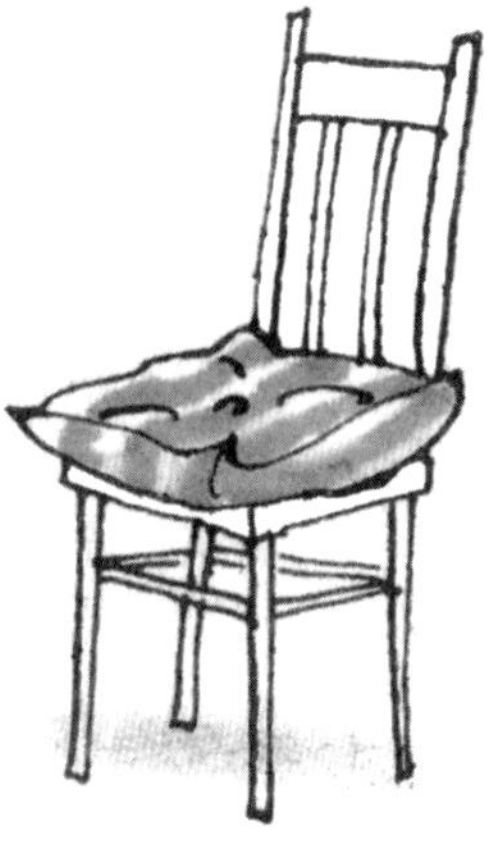

オシリカミカミを　さがせ！

ユスは、じぶんのへやの　まどべに
すわっている。
たいくつで　たまらない。
おひるから、ずっと　ひとりぼっちだった。
かあさんは　はたらいているし、
ともだちもいない。
このへんには、ユスのほか、

子《こ》どもは　住《す》んでいないから。
それで　きょうも、まどべに
じっとすわっている。
道《みち》には　ひとが　たくさん。
みんな　いそがしそうに、
いったりきたり　している。
相手《あいて》をみつけて、おしゃべり
している。
「ねえ、きいた？
オシリカミカミが　また　でたそうよ」

「え、ほんとかい？　話《はな》してくれよ！」

「こんどは　ファン・ダーレン夫人《ふじん》のおしりですって！

ちょうどおしっこを　してるときに、**ガブリッ！**

おしりが　パッと　きえたの！」

「ひどいな！　おしりが、ぜんぶ　なくなったのかい？」

「ええ、夫人《ふじん》は　いま、病院《びょういん》に　はいっているわ」

「こわいなあ！　だれか、やつらを　つかまえればいいのに。

おもいきって、下水《げすい》に　はいってみればいいのに」

「あなたが、やってみたら？」

「お、おれは、ようすを　みとくよ。だれひとり、なかにもぐろうとしないんだよな。ものすごく　あぶないから」
ユスは、そんなうわさを　なんども　きいていた。
この一週間《しゅうかん》、近所《きんじょ》は　どこも　おおさわぎだった。
だれも、あんしんして　トイレに　はいれない。
オシリカミカミが、十回《かい》も　おそってきたから。
みんなが　びくびくしている。
だけど、そのすがたを　みたひとは　いない。
オシリカミカミは　かみつくと、すうっと　いなくなる。
下水道《げすいどう》に　もどってしまうのだ。
そう、やつらは　そこに　ひそんでいる。

なかに　もぐれば、みつけられる。
なかに　はいれば、つかまえられる。
あのひとたちの　いうとおりだ、と　ユスも　おもう。
だれかが　おもいきって、下水《げすい》に　はいればいいのに……

——どうしよう。
ぼくが、はいってみようか？
おもしろそうだ。
そりゃあ、ぞっとするけどね。
だけど、もし　ぼくが、オシリカミカミを　みつけたら。

そして　つかまえたとしたら。
みんな、もう　びくびく　しないで　すむんだ。
ぼくは　すごいぞ、ってほめられる。
かあさんも　鼻《はな》が　高《たか》いだろうなあ。
きっと　ごほうびが、もらえる。
そしたら　かあさんだって、もう　そとで　はたらかなくてもいい。
いつも、家《いえ》に　いてくれる。
そうなったら　いいなあ……
ユスは　立《た》ちあがって、ふかく　いきをすった。

――よし、ぼくが　やってみよう。
オシリカミカミを　さがしにいこう！

下水《げすい》のなかへ

家《いえ》のすぐそばの　道《みち》には、マンホールがある。
マンホールの　したに、下水《げすい》が　ひろがっている。
ユスは、男《おとこ》のひとたちが　はたらいているのを、みたことがあった。
みんな　黄色《きいろ》い服《ふく》を　きていた。
とにかく、さいしょは　黄色《きいろ》だった。
男《おとこ》のひとたちは　下水《げすい》に　はいっていき、
一時間《じかん》もしないうちに、また　そとに　でてきた。

でも、黄色《きいろ》の服《ふく》が　茶色《ちゃいろ》に　なっていて、
においが、ぷんぷんしていた。
だから、ユスは　ちゃんと　レインコートをきているし、
ながぐつも　はいている。
このかっこうなら、よごれたって　へいきだ。
ユスは　よこに　しゃがみこみ、
くろうして、マンホールのふたをこじあけた。
おもい　ふたを　よこに　ずらし、あなのなかを　のぞきこんだ。
したのほうは、すごく　くらい。
たちのぼってきた　においを、鼻《はな》に　すいこむ。

うんこと　おしっこのにおいだ。いったい、どのくらい　ふかいんだろう。ユスは、マンホールのなかを手《て》さぐりした。
――かべ、ぺちょっとぬれたかべが　あって、それに　これはなんだろう……？

うん、足《あし》をかける　段《だん》みたいだ。
そのしたにも……はしごみたいな　段《だん》がついている。
うっ、それにしても　すごいにおい。
ようし、さあ　いこう。

ユスは　右足《みぎあし》を　マンホールのなかに　つっこみ、
その足《あし》を　動《うご》かして、段《だん》を　みつけた。
左足《ひだりあし》もいれて、つぎの段《だん》を　みつける。
そうやって、一段《だん》ずつ、くらやみのなかを　おりていく。
足《あし》が　ガタガタふるえるのを　感《かん》じる。

むりもない、にげだしたいほど　こわいんだから。
なにしろ、このしたたには、オシリカミカミが　いるのだ。
ユスが　ひとりぼっちじゃ　なかったら、
ともだちが　そばに　いたら。
ひとりでも　ともだちがいれば、こんなこと　しなかったのに。
かあさんが　そばにいてくれても　よかったのだけれど。
かあさーん……

ユスのかあさんは、ほとんど　家《いえ》にいない。
いそがしい仕事《しごと》をしていて、いつも　はたらいている。

そうしないと　くらしていけないから。
ユスが　学校《がっこう》に　いくとき、かあさんは　もう　いない。
ユスが　学校《がっこう》から　かえってきたとき、かあさんは　まだ　いない。
ユスには、とうさんも　いない。
何年《なんねん》かまえに　死《し》んでしまった。
おじいさんと　おばあさんも、いまはもう　いない。
おてつだいさんを　たのむ　お金《かね》もない。
だから　ユスは、しょっちゅう　ひとりぼっちだ。
たいてい、まどべに　すわって、
道《みち》にいる　ひとたちを　ながめている。

そうしていれば、あんまり　さみしくない。
ただ　ユスには、どうしても　ほしいものがあった。
動物《どうぶつ》だ。イヌとか　ネコとか、小鳥《ことり》とか。
「なにか　うちで　かってもいい？」
と、なんども　なんども　きいてみた。
「もちろんよ。近《ちか》いうちに　いいのを
買《か》いにいきましょう」
かあさんは、きまって　そうこたえる。
でも、動物《どうぶつ》を買《か》いにいったことなんか、ない。
かあさんには　買《か》いにいくひまが　ぜんぜん　なかった。

ユスは　もう一段《だん》、したに　おりた。
くらやみに　目《め》がなれて、あたりが　みえるように　なっている。
マンホールが　どのくらい　ふかいか、のぞいてみた。
ずっと　したのほうに　水《みず》が　みえる。
すぐ　したで、カサコソッと　音《おと》がする。
なにかが　足《あし》に　もぞもぞと　あたる。
なんだろうと、ユスは　目《め》を　こらし、
びっくりして、はしごから　おっこちそうになった。
もぞもぞしていたのは、大《おお》きな　大《おお》きな　クモだったのだ。
タランチュラぐらいの　大《おお》きさだ。

ユスは　あわてて、足《あし》を　ひっこめた。
クモは　くらやみのなかに　消《き》えていく。
毒《どく》グモのタランチュラかな？
ほんとに　そうだった？
ユスは　ゆっくりと、もう一段《だん》　したにおりてみた。
クモは　どこかに　いったままだ。

これが　さいごの段《だん》……
とうとう　マンホールの底《そこ》に　ついた。
ユスが、いま　いるのは、トンネルみたいな　ところだ。

目《め》のまえは　くらい　あな、
うしろのほうも　くらい　あな。
下水《げすい》だった。
水《みず》が　とろとろと
ながれていく。
ふかくはない。
せいぜい　ユスの
ひざのところまでだ。
でも、ながぐつを
はいてきて　よかった。

においは、うえにいたときより、もっと
きょうれつに　なっている。
ユスは、目《め》を　大《おお》きくひらいた。
トンネルが　おわるところは　みえない。
どうしよう。
どっちを　めざしていこう？
ユスは、うえを　みあげた。
――このうえは　道《みち》、いつもとおる　道《みち》なんだ。
もどろうか……？
ううん、もどるもんか！

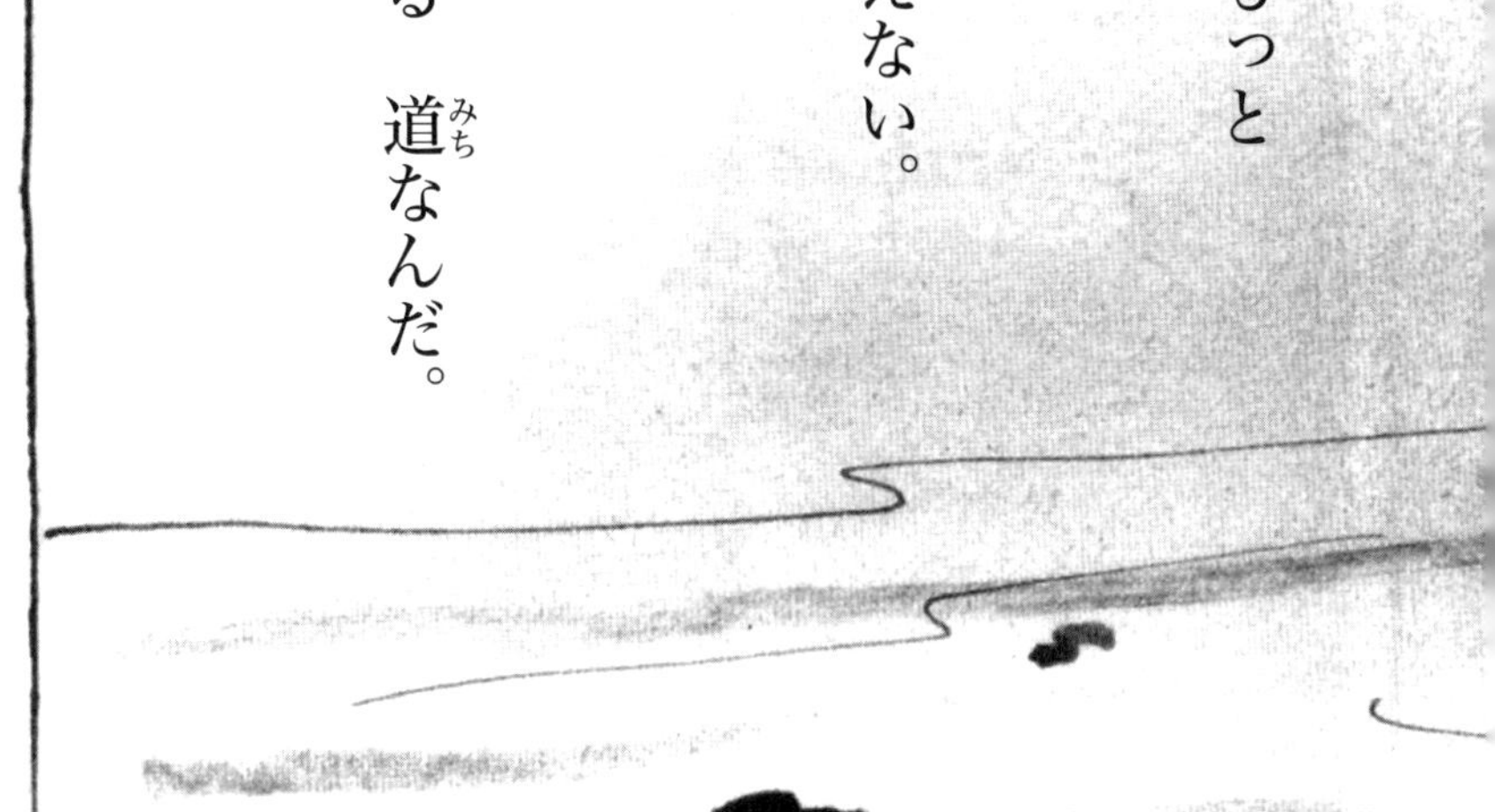

それに……かあさんは、まだ　はたらいている。
家《いえ》は　しんとしていて、だれもいない。
だから、もどったって　しかたがない。

パチャパチャ、と　音《おと》がした。
茶色《ちゃいろ》いドブネズミが、どこかに　およいでいく。
しっぽを　じょうずに　くねらせて、およいでいる。
ユスは　一歩《ぽ》ずつ、トンネルのなかへ　はいっていった。
ズボンに　じわじわと　水《みず》がしみこむ。
——このトンネルは、どこに　むかっているんだろう？

いったい　なにが
みつかるんだろう？
オシリカミカミは、
どのくらい
大《おお》きいんだろう？
そうか、ぼうを
もってくれば　よかった。
さもなかったら、
魚《さかな》とりのあみ　とか。
いまごろ、そんなことに

気《き》がつくなんて。

おや、あそこに　またドブネズミが　およいでるぞ、
と　おもったら、ちがっていた。

「わあ　きたない！」

ながれていったのは、うんこだった。

ハムスター

ユスは、ひたすら　水《みず》のなかを　歩《ある》いていく。
トンネルは　いつまでたっても　おしまいに　ならない。
さいわい、水《みず》は　あさいままで、
ふとももの　うえまでは　こなかった。
でも、こんなに　にごっていなければ　いいのに。
ユスは　ずっと　あたりに　注意《ちゅうい》をはらっている。
ばけものたちは、水《みず》のしたに　かくれているんだろうか？

おそいかかろうと、まちぶせしているんだろうか？
きゅうに　こころぼそくなったユスが、
「やっぱりもどろう！」と、むきを　かえた　ちょうどそのとき……
バシャーン！
すぐ目《め》のまえに、なにかが　おちた。
水《みず》のなかで　もがいたり　せきこんだりしているのは、
小《ちい》さな　ハムスターだ。
いったい、どこから　きたんだろう？
ユスは　目《め》をこらし、うえのほうにある　トンネルをみつめた。
そこは、トイレの　排水管《はいすいかん》みたいだ。

ハムスターは　水《みず》にしずんだかと　おもうと、
また　うかびあがり、ハアハアしている。
――かわいそうに！
あれじゃ、すぐに　おぼれちゃうよ。
ユスは　たすけてやりたくなった。
そっちのほうへ　いこうと、足《あし》を動《うご》かした。
でも、ふとった　ドブネズミのほうが、早《はや》かった。
ドブネズミは、ハムスターをめざして、およいでいく。
水《みず》に　すうっともぐり、
ハムスターを　せなかに　ひょいと　のせると、

いそいで　どこかへ　およぎさった。
ユスは、目《め》を　まんまるくしたまま　とりのこされた。
ハムスターが、うえから　おっこちてくるなんて。
ドブネズミが、そのいのちを　すくって　やるなんて。
そんなことが　あって　いいんだろうか？
ユスは　もういちど　むきをかえた。
――もどるのは　やめて、もうすこし　いってみよう！

カメ

トンネルのなかを　しばらく　歩《ある》くと、
ユスは、ますます　へんなものを　みかけるようになった。
さいしょは、ハムスターをたすけた　ドブネズミだったけれど、
タランチュラもいて、
こんどは、かべに　おとなしく　はりついていた。
そのあとは、色《いろ》のきれいな　金魚《きんぎょ》が六ぴき。
金魚《きんぎょ》は、ごちゃごちゃしたところを、すいすい　およいでいく。

そんなのが　なんども　なんども　つづき、
だんだん　たくさんの動物《どうぶつ》が　すがたを　みせるようになった。
ヘビに　ヒキガエル。
はい色《いろ》の　小《ちい》さなネズミが　二ひき。
そして、なんといっても　多《おお》いのが　ドブネズミ。
動物《どうぶつ》たちは　水《みず》のなかを　およいだり、
かべにそって　走《はし》ったりしている。
ときには、下水《げすい》のすみや　あなのなかに　すわっていたりする。
ユスは　もう　こころぼそくなかった。
たしかに　ひとりぼっちだけれど、どうして　動物《どうぶつ》がいるのか

知《し》りたくてたまらなかった。
――このトンネルを
いけるところまでいったら
どうなっているんだろう？
バシャーン！
水《みず》のなかに、また　なにか
おちた。
小《ちい》さな　茶色《ちゃいろ》い　カメだ。
足《あし》を　バタバタとはげしく
動《うご》かしている。

そこへ　二ひきの　ふとったドブネズミが　あらわれ、
カメを　せなかに　のせると、
そのまま、いそいで　およぎさった。
ユスは、すこし早足《はやあし》になって、すすんでいく。

ワニ

とおくのほうに、光《ひかり》が　ちらちらとみえる。
ついに、きたのだ。
ユスは、ゆくてを　みつめた。
――あそこで、トンネルが　おわるのかな？
あの、まがりかどの　むこうで？
だったら、ものすごく　うれしい。
下水《げすい》にはいってから、どのくらい　たつんだろう？

すくなくとも、
一時間《じかん》は　すぎたはずだ。
とつぜん　ユスは、さむけを
感《かん》じた。
「……うぐっ！」
ぞっとして、おしころした
声《こえ》を　あげ、からだを
かべに　おしつけた。
のどのおくで　心臓《しんぞう》が
はれつしそうなくらい

ドキドキしている。
ほら、あそこに。
水《みず》のなかに。
あれは、もしかしたら……
――ワニだ！
ほんものの、
生《い》きているワニだ！
ワニは　下水《げすい》のなかを
ゆっくりと　およぎ、
ユスのほうへ　むかってきた。

からだの長《なが》さが、一メートルは　ある。
ユスは、いきを　ころした。
動《うご》かないほうがいい！　と、おもった。
そうすれば、みつからないですむから。
木《き》のみきみたいな　ワニは、水《みず》のなかを　すべるようにやってくる。
ふといしっぽを　ゆらゆらさせて。
とんでもない　生《い》き物《もの》だ。
あのとんがった口《くち》といったら。
あの目《め》といったら。
それに　あの歯《は》、歯《は》と　きたら……

ユスは、もっとぴったり　かべにくっついた。
ワニは、すぐ　そこだ。
手《て》をのばせば、さわれるほど　近《ちか》くにいる。
――ぼくを　みないで！
みないで、さきに　およいでいって！
でも、おそすぎた。
ばけものは、頭《あたま》を　ぐいと　こちらに　むけ、
黒《くろ》い目《め》で、いじわるそうに、ユスをみつめている。
ユスは、ひめいを　あげたかった、にげだしたかった。
でも、こわくて、からだが　動《うご》かない。

ワニは、そこに　いるのだ。
ユスのほうへ
むかってくるのだ。
――やだ、こないで！
かみつかないで、
おねがいだから!!

ワニは、水《みず》のなかで
じぃっとしている。
ながいこと、つめたい目《め》で、

ユスを　みている。
しっぽも、もう　ゆれていない。
ユスは、目《め》を　ぎゅっと　つぶった。
――さあ、ワニが　かみついてくるぞ。
これで、なにもかも　おしまいだ……

バシャン……バシャン……
あれは、水《みず》のなかで　しっぽを　動《うご》かす音《おと》。
その音《おと》が　だんだん、だんだん　小《ちい》さく　なり、
まるで……

ユスが、目《め》を　もういちど　あけると、
ワニが、ゆるゆると　およぎさっていくのが　みえた。
バシャン……バシャン……
もう、ユスのところから、何《なん》メートルも　はなれている。
ワニは　下水《げすい》のはじまでいくと、水《みず》から　はいあがった。
もういちど　ユスを　ふりかえり、
また　のそのそと、さきへ　すすんでいく。
そして、かべにあいた　あなへ　むかい、
なかに　ズルリと　すがたを　消《け》した。
ユスは　ワニをみおくったあと、ためいきを　ついた。

ふうっと　ふかく、ためいきを　ついた。

おじいちゃん

ユスは、かべに　くっついたまま、考《かんが》えこんでいる。
――あのワニは……
あれが　オシリカミカミ？
じゃあ、どうして　ぼくを　かまなかったんだろう？
どうして　あなのなかに　消《き》えたんだろう？
それに、このトンネルを　いけるところまでいったら、
なにが　まってるんだろう？

あんな　ばけものが、ほかにもいたら、どうしよう？
ユスは　こわくて　たまらない。
でも、さきに　すすみたいのだ。

「やあ、ぼうや。ここで、なにを　してるんじゃ？」
ユスは　びっくりして、顔《かお》をあげた。
トンネルの　まがりかどに、男《おとこ》のひとが　いたのだ。
年《とし》をとった　背《せ》のひくい　ひとで、
そのひとも　水《みず》のなかに　立《た》っていた。
「こんにちは！」と、ユスは　大声《おおごえ》をだした。

「あなたも……」

「〈おじいちゃん〉と　よぶがいい」と、男《おとこ》のひとは　いう。

「わしの名《な》は、ただの〈おじいちゃん〉なんだから」

「わかりました」と、ユスはこたえた。「おじいちゃん、あなたもなにか　さがしにきたんですか？」

「わしは　ちがうよ。だが、みたところ、おまえさんは　そうじゃな」

「うん」と、ユスは　うなずく。

「ぼく、オシリカミカミを　みつけにきたんです」

「オシリカミカミ？」

おじいちゃんは　ききかえし、ウハハッと　わらった。

切手を
おはりください。

郵便はがき

101−0065

東京都千代田区西神田
2−4−1東方学会本館
株式会社 朔 北 社
愛読者カード係　行

●小社の本はお近くの書店にてご購入いただけます。
●お急ぎの場合や直送をご希望の方は下記にご住所・お名前・電話番号・ご注文書籍名・冊数・本体価格を下記にご記入の上ポストにご投函下さい。通常一週間前後でお手元にお届けいたします。
●お支払いは郵便振替用紙を同送いたしますので商品が到着次第お振り込み下さい。国内は送料無料です。(配達日指定の場合は送料実費でいただくことがありま

注 文 書

ご 住 所（〒　　　　　）

お 名 前　　　　　　TEL

ご注文（書籍名）	冊　数	本体価格

朔北社　愛読者カード

ご意見・ご感想をおきかせ下さい。今後の出版の参考にさせていただきます。

フリガナ		
〒		
フリガナ	ご職業または学校名	年　月　生まれ 1. 男 2. 女（　　）才

の本の書名

買上の書店名 市町村名		お買上の年月日 年　　月　　日

意見・ご感想

お買上げになった理由：　○でかこんで下さい

うちの方に選んで頂いた　・店頭で見て自分でえらんだ

人や知り合いにすすめられて　・その他の理由　（　　　　）

告を見て　（　　　　）・書評を見て（　　　　）

記入いただいた個人情報は社外に出すことはありません。

希望の方には小社イベントのご案内や目録をお送りいたします。【希望する・希望しない】

意見・ご感想を小社ホームページや販売促進に活用させていただいてもよろしいでしょうか？

いいえ　・　はい　→（本名でよい　・　イニシャルならよい）】

ご協力ありがとうございました。

「みんなは、　あいつたちのことを、
そうよんでいるのか？
ちょっと　いっしょにおいで」
ユスは　水《みず》を　ジャブジャブさせて、
おじいちゃんのほうへ　歩《ある》いていった。
おじいちゃんは　ユスの手《て》をひいて、
さきに　たっていく。

ふたりが　かどを　まがると、　そのさきは
まったく　ようすが　ちがっていた。

トンネルは　そこで　おしまいになり、
むこうは、ものすごく大《おお》きな　どうくつに　なっていた。
どうくつのなかは、大《おお》きな　大《おお》きな　水《みず》たまりだ。
じめんのしたに　こんな　湖《みずうみ》みたいなところが　あったのだ。
うえのほうから、光《ひかり》が　さしこんでいる。
どうくつは、動物《どうぶつ》たちで　いっぱいだ。
ドブネズミに　金魚《きんぎょ》。
クモに　アマガエル。
そんなのが　およいだり、歩《ある》いたり、すわったり、
はいまわったりしている。

ユスは　目《め》を　みはった。百《ひゃく》ぴき以上《いじょう》は　いたからだ。
まるで、動物園《どうぶつえん》みたいだった。
「みんな、ながされてきたんじゃよ。
ながされて、おいはらわれたんじゃ」
ユスには、おじいちゃんのいっていることが　わからない。
「どういう意味《いみ》？　それに、オシリカミカミは　どこ？」
「おいで」とだけ、おじいちゃんは　いう。
そして　また、ユスの手《て》をひいて、歩《ある》いていく。

パクリ！

ふたりは、ひきかえして、下水《げすい》のトンネルに　もどった。
あたりは　しんとしている。動物《どうぶつ》いっぴき　みあたらない。
「どこへ　いくの？」と、ユスは　きく。
おじいちゃんは、かべにたてかけてある　木《き》のはしごを、
ゆびさした。
かべの　うえのほうに、あながひとつ　みえる。
「わしに　ついてくるんじゃ」

ふたりは、じゅんばんに　はしごをのぼり、
かべの　あなのなかに　もぐりこんだ。
あなの　むこうは、さらに　せまいトンネルに　なっている。
下水道《げすいどう》より　せまくて　ひくいトンネルは、
ユスが　やっと　立《た》てるぐらいの　たかさだった。
そのトンネルの　ながれのなかを、
おじいちゃんが　すうっと　およぎはじめる。
ユスも　おじいちゃんに　くっついて、およいでいく。
トンネルの　よこのかべにも、あながいくつか　あいていた。
「あのあなは　ひとつずつトイレに　通《つう》じているんじゃ。

トイレのほうには　ひとが
住《す》んでおる。
しずかにするんじゃよ。
さもないと、わしらの声《こえ》が
きこえてしまうからな」
そういわれ、ユスは、音《おと》を
たてずに、およいでいった。
しばらくすると、
おじいちゃんが　ささやいた。
「さあ、ついたぞ。いったん

水《みず》に　もぐって、
あっちの　よこあなに
はいりこむんじゃ。
そして、なにがおきるか
みるがいい」
ユスは、おじいちゃんの
いうとおりに　しようと、
頭《あたま》から　水《みず》に　とびこんで、
もぞもぞと　あなに　はいった。
なかは　管《かん》みたいだ。

ひどく　きつくて、
ユスとおじいちゃんが
はいると、
ぎゅうづめだった。
その管《かん》は　すこし
ななめに　つけられて
いて、水《みず》が　あさく
たまっている。
「ここは、どこ？」
と、ユス。

「トイレの、ましたじゃ。動《うご》かないで、
みていてごらん」
ユスは、おじいちゃんのいうとおり、
動《うご》かないで、ようすを　みていた。
すると、女《おんな》のひとの声《こえ》が　きこえてきた。
「ひどいやつだわ。なんでもかじって、
ボロボロに　しちゃうんだから。
カーテンも、テレビのコードも、
なんでもかんでも。もう、おまえなんか
いらない！」

ボチャン！
女《おんな》のひとは、トイレの水《みず》を　ジャーッとながした。
その水《みず》が、ユスのすぐまえを　ながれていく。
すると……ネズミだ！
小《ちい》さな、白《しろ》いネズミだ！
ユスは、じぶんの目《め》が　しんじられなかった。
ネズミを　水《みず》に　ほうりこむなんて！
そんなこと、どうして　できるんだろう？
「みたじゃろ」おじいちゃんが　きく。
「うん！」と、ユスは　大声《おおごえ》でこたえる。

動物《どうぶつ》が　こんなにたくさん　下水《げすい》にいるわけが、
ユスにも、いまはじめて　わかった。

ぜんぶ、トイレで　ながされていたのだ！

「ぜんぶ、ではないが、だいたいは　そうなんじゃ」

おじいちゃんが　せつめいしてくれた。

「ひどすぎるよ！」

「シーッ、ごらん！」

おじいちゃんが、ユスのうしろを　ゆびさした。

ユスは　ふりかえって、ふるえあがった。

すぐうしろに、ワニが　いたから。

「こわがらないでいい。おまえさんには、
なにもしないよ」
ユスが身動《みうご》きしないで　すわっていると、
うえのほうから、声《こえ》が　きこえた。
また　さっきの　女《おんな》のひとだ。
「ちょっと　おしっこ　しましょう」
あたりが　きゅうに　くらくなった。
ボチャボチャ、ジョーッ。
ユスは、なにかが　じぶんのからだを　おすのを感《かん》じた。
ワニだ。

ワニは、ユスのわきを　しずかに　およいでいき、
しばらく　じっと　していた。
そして、とつぜん　ズルリ！　と　動《うご》きだし
管《かん》のおくに　消《き》えると……
「きゃあぁー！」
女《おんな》のひとの　ひめいが　きこえた。
ユスは　アハハッと、わらいだしたが、
おじいちゃんが、うでを　ひっぱった。
「気《き》をつけるんじゃ、声《こえ》がきこえてしまうぞ」

チクリ！

ふたりは、もっと　さきまで　およいでいく。
ワニのすがたは、どこにも　みあたらない。
ユスは、どう　いったらいいのか　わからなかった。
動物《どうぶつ》たちが　かわいそうだ、と　おもった。
あんなふうに　トイレで　ながされてしまうなんて。
ちゃんと生《い》きているのが、ふしぎなぐらいだ。
「ああ、ドブネズミたちの　おかげなんじゃ」と、おじいちゃんがおしえてくれた。
「だがなあ、下水《げすい》でくらすのも　らくじゃない。
手《て》にはいる食《た》べ物《もの》は　ほんの　ちょっぴりだけだ。
おまけに　いつだって　さむくて、じめじめしてるんじゃ」
そう、そのことは、ユスも　気《き》がついていた。
「あのワニは？」と、ユスは　きいてみた。
「ワニたちも　トイレで　ながされてきたんじゃよ。
まだ、小《ちい》さかったころにな」
「でも、いまは　大《おお》きいね」ユスがいう。
「ああ」おじいちゃんは　ニヤリとわらって　こたえた。

「ワニたちは　なんとか　生《い》きぬいてきた。そして、いまは
あれだけ　大《おお》きい。これから、もっと　もっと　大《おお》きくなる。
人間《にんげん》は、まだまだ　あいつらを　おいはらえないぞ。
動物《どうぶつ》を　ながしたやつは、パクリと　やられる！
それが、動物《どうぶつ》たちの　しかえしなんじゃ」
ユスは　はらがたって　しかたがなかった。
——人間《にんげん》って　ほんとに　ひどいんだ！
もし、ぼくが　動物《どうぶつ》を　かっていたら、
ぜったい　そんなこと　しないのに。
心《こころ》のなかで　そうさけんだあと、ユスは　きいた。

「で、おじいちゃんは？　どうして、ここにきたの？」

「わしも、ほうりだされたんじゃよ」

「だけど、トイレで　ながされたわけじゃないでしょ？」

「ああ、おいはらわれたんじゃ。

年《とし》をとりすぎて、せわばかり　かけるようになったからな。

『どこかへ　いってよ。あんたの　めんどうをみてる　ひまなんて
ないんだ』と、あるとき　むすこが　いった。

わしは、そのあと　しばらく、町《まち》を　さまよっていた。

そうして、ここに　たどりついたんじゃ」

ユスは　目《め》に、なみだを　うかべた。

「ずっと、ここに　いるつもり？」
「そうするしか　ないじゃろ。
ほかに　わしのいられるところは　ないんだから。
この動物《どうぶつ》たちと　おんなじじゃ」
「だけど……」と、ユスは　いいかけた。でも、
ぜんぶ　いいおわらないうちに、うしろで、なにか　音《おと》がした。
だれかが、トイレの水《みず》を　ながしたのだ。
ボチャン、ジャアーッ。
毛《け》のはえた　動物《どうぶつ》が　ながれてきた。
「そら、また　いっぴき　やってきたぞ。

ワニは　どこじゃ？」　おじいちゃんが　つぶやく。

「ううん！　ワニは　よばないで。ぼくが、やりたい」

「よし、じゃあ　じぶんで　やってみるがいい」

ユスは、ポケットのなかから、なにかを　とりだした。

さきのとんがった　ボールペンだ。そのボールペンを　にぎりしめ、
管《かん》のなかに　うでをつっこんだ。

そして……

チクリ！

「いたあーっ！」

まんぞくした顔《かお》で、ユスは　おじいちゃんのほうを　みた。

おじいちゃんは、こらえきれずに　フッフッフとわらっている。
「おいで、オシリチクチク。
したに　もどろう」

これからのこと

「なんとか　しなきゃ！
動物《どうぶつ》を　これ以上《いじょう》、ひどいめに
あわせちゃいけないよ。
どうにかして
やめさせなくちゃ！」
「だがなあ、そう　うまくは
いかんだろうよ」

ユスと　おじいちゃんは、
トンネルの奥《おく》にある　大《おお》きな
水《みず》たまりに　もどり、
そのふちに　こしを　おろしている。
動物《どうぶつ》たちは　あたりを
およぎまわったり、はいまわったり。
ユスの　ひざには　ネズミが
いっぴき、ちょこんと　すわっている。
「だめかな、うまく　いかないかな？」
ユスは　おじいちゃんに　きいた。

「ああ、よくおきき、ぼうや。
たいていの　ひとたちは、動物《どうぶつ》を　たいせつに　している。
だがな、みんながみんな　そうじゃない。
家《いえ》で　かっている動物《どうぶつ》を、なぐるひとも　いる。
エサをやらないひとも、道《みち》におきざりにするひとも　いる。
トイレにながすひとだって、いるんじゃ」
「だめだ、そんなこと、ゆるしちゃいけないよ！」
ユスは　大声《おおごえ》をあげた。
「ああ、ゆるしちゃいけない。でも、そんなひとたちだって
いるんじゃよ。だから、わしは　ここにいて、ここで、

動物《どうぶつ》たちの　めんどうを　みている」
おじいちゃんは、ユスを　かなしい目《め》で　みつめた。
ユスは　さけんだ。
「そんなの　いやだ！　ぼくは　このままに　しておきたくないよ。
動物《どうぶつ》いじめを　やめさせなくちゃ！
ぼく、うえに　もどる。もどって、ほかのひとたちに　こういって
くる。動物《どうぶつ》を　たいせつに　しなくちゃいけないって。
それでも　だめだったら、そしたら　そのときは……」
「わかったよ、ぼうや」と、おじいちゃんは　やさしく　いった。
「みんなを、ガツンと　しかってくるがいい。

たぶん、なんのききめも　ないだろうが」
「うん！　もしどうしても　だめだったら、
そのときは、ワニを　よぶから！」
おじいちゃんが、ワハハッと　わらった。
でも、目《め》は　わらって　いなかった。
「さあ、いくがいい。もう　夜《よる》だ。かあさんが　心配《しんぱい》してるだろう。
さよなら、ぼうや」
ユスは　立《た》ちあがろうとしない。
「おじいちゃんは？　それに、動物《どうぶつ》たちは？」
「わしらは、ここに　のこる」おじいちゃんは　こたえた。

「さっき　もう　話《はな》したじゃろ。わしらは　なんとか　生《い》きのびてい
ける。たとえ　ここが、さむくて　じめじめしていて　くらくても」
ユスは　考《かん》えこんだ。
おじいちゃんのほうを　みつめて、動物《どうぶつ》たちのほうを　みつめた。
――みんなは、ここにずっと　いなくちゃ　いけないの？
ユスは　じぶんの家《いえ》のことも　考《かん》えた。
あの、大《おお》きな、からっぽの家《いえ》のことを。
いつも　いない　かあさんのことを。
かあさんは、「動物《どうぶつ》を　かってもいいわ」と　いってた。
「お店《みせ》に　いきましょう、ひまが　できたらね。

それに　いつか、おてつだいのひとにも　きてもらいましょう。
お金《かね》が　たくさん　できたらね」と。
ユスは、そんなやりとりを　おもいだして、にっこりした。
いいことを、すごく　いいことを
おもいついたのだ……

それから

あれから　二十年《ねん》たった。
いまでは　ユスも、りっぱなおとなだ。
かあさんと　いっしょには　もう　住《す》んでいない。
ずいぶんまえから　じぶんの家《いえ》を　もっている。
そのドアのうえには、こう　かいてある。
〈どうぶつのいえ〉
ユスは　ひとりで、そこに　住《す》んでいるわけではない。

たくさんの動物《どうぶつ》たちと
くらしているのだ。
まいにち、あたらしい
なかまも　やってくる。
でも、ユスには、動物《どうぶつ》が
多《おお》すぎるなんてことは
ぜったいにない。
大《おお》よろこびで、めんどうを
みている。
そして、ユスは　下水《げすい》の

なかにはいった　あの日《ひ》の
ことを、よく　おもいだす。
そのあと　どうなったかも。
おじいちゃんは、
ユスといっしょに　家《いえ》に
やってきた。
動物《どうぶつ》たちも　いっしょだった。
かあさんは
「いいわよ」と、
すぐに　いってくれた。

「ほんとに　かわいい動物《どうぶつ》たち。
ほんとに　やさしい　おじいさんだわ。
この家《いえ》で　みなさん　どうぞ　くらしてくださいな」
ただ、下水《げすい》にのこった　動物《どうぶつ》もいた。
ワニだ。
ワニは、下水《げすい》が　わが家《や》だと　おもっていたから、
うえに　あがってくるのを　いやがったのだ。
それに、ドブネズミたちも　あとにのこった。
なにしろ　二十年《ねん》もまえの話《はなし》だ。
そうして、いまでは　なにもかもが　かわった。

おじいちゃんは、もう　この世《よ》にいない。
ユスには、この〈どうぶつのいえ〉が　ある。
トイレで　ながされる動物《どうぶつ》も、道《みち》に　おきざりにされる動物《どうぶつ》も、
ほんのすこしに　なっている。
みんなは　かわいそうな動物《どうぶつ》をみつけると、
ユスのところに　つれてくる。
そうすれば、いつだって　たすけてもらえるから。
とはいえ、だれもが　ちゃんとしているわけではない。
みんなが　きちんとせわをしなかったら、動物《どうぶつ》が　かわいそうだ。
あいかわらず、こう考《かんが》えるひとたちは　いる。

あんなのなんか　いらない！
トイレで　ながしてしまえ！
道《みち》に　ほうりだしてしまえ！
こりない　ひとたち、というのは　いるものだ。
そんなひとが　きみのしりあいにも　いる？
もし　いたら、注意《ちゅうい》してあげてほしい。
だって、下水《げすい》のなかに、いまでも　住《す》んでいるのは、
なんだっけ？
下水《げすい》のなかを　うろつきまわっているのは、
なんだっけ？

おそいかかろうと、下《げ》水《すい》で　まちかまえているのは、
なんだっけ？

パクリ！

ビリッー！

ガブリー！

読者のみなさんへ

一九九六年九月に、ぼくは、この本を書きました。

おもしろい物語だと思っていました。

でも、もちろん作り話ですし、こんなことが現実《げんじつ》に起こるはずがない、ありえない、と思っていました。

そんなある日、次のような新聞記事を読んだのです。


アメリカのアリゾナ州に住む婦人《ふじん》が、火曜日、トイレの水を流したところ、全長二メートルのヘビがあらわれて、びっくりぎょうてんした。ヘビは、数日間、排水溝《はいすいこう》のなかにひそんでいたらしい。婦人《ふじん》はただちに通報《つうほう》し、トイレのドアに鍵《かぎ》をかけるようにと言われた。ヘビは、は虫類《ちゅうるい》の専門家《せんもんか》の手で捕獲《ほかく》されたが、その意見によれば、家でかっていたヘビが、なんらかの理由で逃《に》げだし、下水《げすい》にたどりついたのだろうという。つかまったヘビは、「ジョニー」と名付けられた。

(フォルクスクラント紙、一九九六年十一月二十二日付け)

そう、物語はヘンテコなこともあります。

しかし、現実《げんじつ》の世界のほうが、ときにはもっとヘンテコなのです。

もうひとつ、本当に起こった話をしましょう。

一九九八年の六月には、すばらしい知らせを受けました。出版社《しゅっぱんしゃ》が、電話をしてきて、ぼくにこういったのです。

「受賞《じゅしょう》、おめでとうございます！　オランダの子どもたちの人気投票《にんきとうひょう》で、この本が、最高におもしろい本の一冊《さつ》に選《えら》ばれました」

ばんざい、やったあ！　と、ぼくは思いました。

出版社《しゅっぱんしゃ》は、大きな花束《はなたば》を送ってくれました。

でも、その日はちょうどでかけていたので、花屋は、花束《はなたば》をうちのおとなりさんにあずけました。

おとなりさんは、親切なご一家です。

お店をやっていて、犬を一匹飼《ぴきか》っています。

家に帰ったあと、ぼくは、おとなりさんのところへ行き、「花をとりにきました」と、いいました。

事件《じけん》は、そのとき起こりました。犬がぼくにとびかかり、うなったり、なき声をあげたりして、ついに……

おしりに、ガブッと、かみついたのです。

それも、たいへんないきおいで！

ズボンはやぶけ、おしりには血がにじみました。

ぼくは、ふらふらと家に帰りました。

おそろしさにふるえながら、もらった花を、花びんに入れました。

そして、とつぜん、「なるほど！」とおもったのです。

みなさんに、信じてもらえるでしょうか？

ぼくは、オシリカミカミのおかげで花をもらった。

だから、じぶんのおしりを、かまれたんだ、と。
まったく、ばかばかしい話ですが！

そう、もうお話しましたね。
物語はヘンテコなこともあります。
しかし、現実《げんじつ》の世界のほうが、ときにはもっとヘンテコなのです。

リンデルト・クロムハウト

訳者あとがき

二〇〇二年の春、私は、オランダのデン・ハーグにある「子どもの本の博《はく》物館《ぶつかん》」をおとずれました。ちょうど、リンデルト・クロムハウトさんの作品を紹介《しょうかい》する展覧会《てんらんかい》があったからです。会場にはなぜか水洗《すいせん》トイレがおかれ、ためしにチェーンをひっぱってみると、「ジャーッ……いたいっ、キャー！」。録音《ろくおん》された悲鳴が聞こえてきました。そして、わらいころげる子どもたちが、『オシリカミカミをさがせ！』のことを教えてくれました。

あとにも、さきにも、こんなヘンテコな出会いをした本はありません！

リンデルト・クロムハウトさんは、オランダでたいへん人気のある作家です。年に一度、子どもたちの投票《とうひょう》で決まる「子ども審査団《しんさだん》」でなんどか推薦《すいせん》や賞《しょう》に選《えら》ばれたほか、ユニークな作品は国の内外で高く評価《ひょうか》されています。また、クロムハウトさんと長くコンビを組んでいる画家のひとり、アンネマリー・ファン・ハーリンゲンさんの絵も、この本の風変わりな魅力《みりょく》をいっそう強めています。今回、日本で出版《しゅっぱん》するにあたり、わくわくする表紙を特別に描《か》いていただきました。

この本は、トイレでおしりをかまれる人たちがあいつぎ、主人公《しゅじんこう》のユスが、下水《げすい》にひそんでいる「ばけもの」の正体《しょうたい》をつきとめようと、たったひとりでマンホールの下にはいっていくところから始《はじ》まります。

私は、マンホールのふかさをちょっと調べてみました。日本の場合、ふかいところで三〇メートルはあるそうです。下水《げすい》のことをもっともっと知りたくなって、都内の展示施設《てんじしせつ》にも行き、本物の下水道管《げすいどうかん》(本文ではトンネル)の中にはいってみました。クロムハウトさんの書いたとおり、たしかにじめじめとしています。地上で雨や雪がふると、すこし寒くなるようですが、一年を通じて気温の変化があまりなく、暮《く》らしやすそうなところです。あたりには、ちょっぴり生ぐさいにおいがただよい、いつオシリカミカミがあらわれてもおかしくない雰囲気《ふんいき》がありました。(もっとも、いまではトラップという仕組《しく》みのついた便器《べんき》が使われ、下水道管《げすいどうかん》からトイレのほうへ、なにも、でてこないようにしてあるそうです……よかった!)

さて、地下の別世界である「下水道《げすいどう》」は、創《つく》り手たちの想像力《そうぞうりょく》を刺激《しげき》する場所《ばしょ》で、これまでも欧米《おうべい》の文学作品や映画作品にしばしば登場しています。

たとえば戦争中、社会の中でしいたげられ、それでも生きのびようとする者にとって、下水道《げすいどう》には「かくれが」としての意味がありました。この作品で、下水《げすい》に生きる場所をみつけたのは、かわいそうな動物たちと、仙人《せんにん》のような「おじいちゃん」です。ユスは、おじいちゃんに案内されて、いらなくなった動物をトイレで流す大人たちがいることを知ります。そして、自分なりのやり方で、怒《いか》りを爆発《ばくはつ》させるのです。

仕事がいそがしすぎて子どものことをかまってやれない「かあさん」、息子に捨てられた「おじいちゃん」。そんな大人たちの描《えが》き方《かた》には、クロムハウトさんの社会に対する鋭《するど》い目が感じられます。この本は、動物を大切にしようという気持ちをおもてにだしつつ、実は、大人の身勝手さを、子どもの側からあばこうとした作品ではないかとさえ思えます。

『オシリカミカミをさがせ！』は、文句《もんく》なしにゆかいでヘンテコなお話です。と同時に、社会のなかで見落とされがちな弱い者たちの、静かな怒《いか》りがこめられた作品だといえるのかもしれません。

最後になりましたが、オランダ語の面でお世話になった田中モニックさんに、この場を借《か》りてお礼申し上げます。

二〇〇四年六月

野《の》坂《ざか》　悦子《えつこ》

リンデルト・クロムハウト
Rindert Kromhout
1958年、オランダのロッテルダム生まれ。図書館で働いたのち、批評家を経て、児童文学作家になる。１９９１年に『ペピーノ』（朔北社）で銀の石筆賞を受賞。絵本からノンフィクションまで幅広い作品で知られ、最近は『兵士は泣かない』（未邦訳）を発表、ＹＡ作品にも力を注いでいる。日本で紹介されている絵本に、本書の画家ファン・ハーリゲンと組んだ『おおきくなりたいちびろばくん』（ＰＨＰ研究所）など。今はアムステルダム郊外に、動物たちと共に暮らしている。

アンネマリー・ファン・ハーリンゲン
Annemarie van Haeringen
1959年オランダのハーレム生まれ。イラストレーションを学んだのち、児童書、学校教材、新聞、雑誌などで活躍する。クロムハウトと組んで、いくつかの作品を手がける。1999年には『マルモック』（未邦訳）で金の画筆賞を受賞。現在、ヨーロッパで注目されている画家の一人。イヌ、ネコ、サル、ハムスターなど、いろいろな動物に囲まれて育ち、その作品は動物を主人公にしたものが多い。

野坂《のざか》　悦子《えつこ》
1959年東京生まれ。1985年より5年間ヨーロッパですごす。オランダ語、英語を中心とした子どもの本の翻訳を手がけている。紙芝居文化の会運営委員として活動する一方、ＪＢＢＹ（日本国際児童図書評議会）では、平和と寛容の国際絵本展を担当。おもな訳書に『１０ぴきのいたずらねこ』『ちいさなへいたい』（朔北社）、『あいつはトラだ！』（講談社）、『星をめざして』（岩波書店）、『翼のある猫』（上）（下）（河出書房新社）など。大の動物好きで、今もカメやフェレットと暮らしている。

オシリカミカミをさがせ！

2004年6月20日　第1刷発行
2011年5月20日　第3刷発行

文　リンデルト・クロムハウト
絵　アンネマリー・ファン・ハーリンゲン
訳　野坂悦子　Translation © 2004 Etsuko Nozaka
装幀　Harilon Design
発行者　宮本 功
発行所　株式会社 朔北社《さくほくしゃ》
〒101-0065
東京都千代田区西神田2-4-1 東方学会本館31号室
Tel 03-3263-0122　Fax 03-3263-0156
振替 00140-4-567316
http://www.sakuhokusha.co.jp

印刷・製本　株式会社精興社

落丁・乱丁はお取り替えいたします

ISBN978-4-86085-016-6 C8397 Printed in Japan